KB142835

검도 : 몸과 마음을 쭉 펴는 시간

검도

몸과 마음을 쭉 펴는 시간   이소

내 속도대로 성장해도
괜찮은 것 하나쯤

대학교 2학년 때부터 지금까지 계속하는 취미가 있다. 20년 가까이 해온 셈인데, 이쯤 되면 이 분야를 뭐라고 소개해야 할지 모르겠다. 돈을 벌기는커녕 오히려 쓰게 만든다. 재능이 있다기보다는 남들보다 더딘 속도로 따라가는 데 애를 먹었다. 이제는 내 일부처럼 된 이것을 뭐라고 불러야 할까? 조금 많이 좋아하는 취미? 아니면 준전문가? 오랫동안 함께 해왔으니 반려 취미라 불러도 괜찮겠지.

체육 쪽 취미와 한참 거리가 있었던 내가 몸을 세밀하게 써야 하는 무예, 그것도 칼이라는 장비를 다루는 '검도'를 해왔다. 어제 일도 깜빡하는 내가 십수 년 전 검도를 처음 시작한 순간을 또렷이 기억한다면 거짓말이다. 어떤 계기가 있어 시작했다고 해도 뚜렷한 목적의식을 갖진 않았을 것이다. 초보자 중에 처음부터 '검도 8단 고수가 될 거야!' 하는 식으로 덤비는 사람이 있을 리가. '한 번 해볼까?' 하는 가벼운 마음으로 시작하는 대부분의 취미가 그렇듯, 나의 시작도 우연히 알게 된 정보들과 작은 결심이 어울려 여기까지 왔다. 그 발자국이 꾸준히 이어질 줄 검도 동아리의 입부 원서를 쓰던 대학생 때는 전혀 몰랐다.

대학 때 나갔던 검도 시합에서는 툭하면 예선 탈락. 졸업 후 사회인이 되어서도 시합 성적은 그저 그랬다. 그럼에도 검도를 계속한 이유를 떠올려본다. 정직하게 땀 흘리고 성장하면서 느꼈던 성취감. 이런저런 복잡한 이유로 꼬이는 삶과 달리 상대를 치는 데만 골몰하는 순간 단순해졌던 머릿속. 수련의 나날은 몸을 움직이는 만큼 머리에 달라붙었던 여러 고민을 덜어내 주었다. 마음이 가벼워진다는 게 어떤 건지 물리적으로도 알겠다는 느낌이 들었다.

무엇보다 마음에 들었던 건 계속된 수련 생활 덕분에 정기적인 이벤트가 생겼다는 점이다. 때 되면 돌아오는 승단 심사. 여름과 가을이 되면 열리는 시합. 그런 이벤트에서만 겪는 여러 사람과 경험이 한 뼘씩 나를 자라게 했다. 긴장감이라는 단단한 벽을 만날 때 그것을 견디고 나아가게 하는 순간. 사람을 마주하면서 느끼는 다양한 감정. 나서기를 부끄러워하고 사람 만나기 어려워하는 나에게, 검도는 사람들과 이전보다 좀 더 수월하게 대화하거나 언제부턴가 농담도(듣는 사람들은 재미없어할지도 모르지만) 할 수 있는 사람으로 만들어 주었다. 사회생활에서 나이 차이 있는 남자 어른에게 익숙함을 느끼고 때로 스스럼없이 다가간 순간이 있었다면, 그건 도장에서 호구를 쓰고 투닥거리며 대련의 나날을 쌓아 올린 선배들이 떠올라서일 테다.

도장에서 보내는 시간에 큰 의미 부여를 했다. 야근이 없는 날이면 어김없이 퇴근 후 도장으로 향했다. 하루의 대부분을 생계를 위해 견디고 나면, 그 이후의 시간은 내가 좋아하는 일로 마무리하고 싶어서. 일하면서 쪼그라들었던 나는 도장에 오면 마음을 펴고 기합을 내지를 수 있었다. "이야아아압!" 대련 상대를 제압하기 위해 목소리를 높인다. 거기에는 한쪽에 구겨두었던 자신의 마음이 있다. '뭔가를 잘하고 싶다. 이기고 싶다.' 일할 때는 실수하는 자신에게 관대할 수 없지만, 도장에서만큼은 내가 하는 수련의 성과가 당장 나올 필요는 없었다. 꾸준히 하다 보니 초단을 따고, 그다음에는 2단, 3단. 4단이 된 지금은 5단 심사를 앞두고 있다. 내 속도대로 성장해도 괜찮은, 그 성장한 자신에 대해 스스로 확신하게 되는 감각을 몸으로 깨닫게 해주는 공간에서 나는 찬찬히 삶의 시간을 보내고 있다.

기회가 닿아 수련 이야기를 책을 통해 전할 수 있게 됐다. 칼을 들고 누군가를 상대하지만, 칼 끝에서 물과 바람이 휘날리는 만화 같은 스펙터클은 없다. 수련의 하루하루를 쌓아가며 마음에 담아두었던 생각과 기억을 담담하게 이야기했다. 잘하면서 좋아하는 일을 찾으면 제일 좋겠지만, 잘하진 않더라도 좋아하는 뭔가가 있다는 게 적잖은 힘이 됐다. 더디긴 한데 좋아하다 보니 잘하게 되는 순간도 생기고 말이다.

내 안에서는 일렁이는 파도 같은 이 심심한 모험담이 누군가에게 가닿으면 무척 기쁘겠다. 그 누군가가 자기 몫의 이야기를 들려줘도 좋겠다. 당신에게도 심심한 일상을 잠시 모험으로 만들어줄, 자신을 단단하게 하는 뭔가가 있기를.

차 례

검도 하는 몸

인터넷에서 검도에 관한 이런 질문들을 읽은 적
이 있다.

검도 하면 살 빠지나요?

몸매 예뻐지나요?

팔뚝 두꺼워지나요?

다른 커뮤니티 게시판에서도 종종 봤으니 한 사
람만의 궁금증은 아닌 듯했다. '서로 죽일 듯이
칼부림하는 격투에서 화보 같은 순간을 찾는 걸
까?'라는 의문이 들었지만, 그동안의 내 경험을
떠올리며 검도에 관해 많은 사람들이 궁금해하
는 대표 질문들에 답해보기로 했다.

일단 살은 확실히 빠진다. 강도 높게 수련할 때
는 1시간마다 1킬로그램씩 빠진 적도 있다. 음
식 조절을 하며 내 인생 최저 몸무게를 찍었던

것도 한창 검도 수련을 하던 때다. 어느 날 어지러움에 픽 쓰러져 남동생에게 업혀 간 후로는 더이상 먹는 양을 줄이지 않지만 말이다. 러닝이든, 요가든, 복싱이든 열심히 움직이면 우리 몸은 먹은 양과 쓴 열량에 따라 빠지니까 체중 감량이 딱히 검도만의 전매특허는 아니다. 다만 체중 감량을 위협하는 복병이 있긴 하다. 운동 후 관원들과 하는 뒤풀이. 수련 후에는 눈이 번쩍 뜨이게 하는 시원한 맥주와 노릇한 튀김옷을 입힌 치킨을 조심하시길.

검도를 하면 몸매가 예뻐지냐는 질문에는 하나의 답을 말하기가 어렵다. 몸이 예뻐지냐는 말이 늘씬해지냐는 뜻이라면, 그렇기도 하고 아니기도 해서다. 오랫동안 검도를 한 사람들 중에는 분명 호리호리한 몸을 가진 사람들이 있다. 반면 몸집이 큰 사람들도 심심치 않게 보인다. 늘씬한 몸의 소유자들은 좀 더 빠르고 부드러운 움직임으로 공격의 기회를 만들어내고, 커다란 몸은 흔들리지 않는 중심과 단단하고 묵직한 공격을 만들어낸다. 어떤 모습이건 그들의 몸에서는 모두 '단련된 몸'에서 느껴지는 단단한 아우라가 나온다. 내게는 생김새에 대한 취향에 상관없이, 그렇게 자기 노력이 드러나는 몸들이 참 예쁘게 느껴진다.

팔뚝이 두꺼워지는지 궁금하다면, 약간 더 겁을 주고 싶다. 두꺼워지는 게 어디 팔뚝뿐일까. 종아리도 빠지면 섭섭하다. 유튜브 영상에서 손목치기 기술로 유명한 일본 남자 검도선수의 종아리를 본 적이 있는데, 단단히 부푼 종아리가 족히 깡마른 여성의 허벅지 정도는 되어 보이더라. 저 선수의 폭발적인 손목치기 기술은 저 종아리에서 나오는구나 하고 감탄했다. 물론 생활 체육

수준으로는 여간해서 그런 종아리가 되지는 않겠지만. 그래도 수련하면서 자주 쓰는 부분이 있다면 그 부분은 티가 난다. 말랐던 사람의 팔에는 근육이 붙고, 팔에 군살이 붙은 경우에는 살이 살짝 빠지면서 단단한 근육이 자리 잡힌다. 내 팔꿈치 위쪽의 팔뚝은 왼쪽보다 오른쪽이 살짝 더 두껍다. 죽도를 휘두를 때 나도 모르게 더 힘을 주었기 때문일 테다. 팔꿈치 아래부터 손끝까지 미세하게 갈라지며 존재감을 드러내는 전완근도 있다. 적당한 살집, 먹는 양 대비 그리 뚱뚱한 느낌이 들지 않는 묘한 탄탄함. 내 경험에 비추어 검도 하는 사람의 몸에 대한 평균치를 낸다면 이럴 거라 생각해본다.

사실 검도 하면서 내 몸에 긍정적인 느낌을 받았던 순간이 있다면 그건 수련 끝에 다듬어진 몸이 예뻐서가 아니다. 물론 근육이 도드라지는 팔뚝에 뿌듯해하는 순간은 있긴 하다. 이겨줘서 고마웠다. 사나운 기합을 내지르며 덤비는 상대에게 당황하지 않게 해주어서, 상대가 내 손목을 노릴 때 재빨리 피한 다음 머리 공격으로 연결해준 게 기특했다고 해야 할까. 숨이 차도록 대련 연습을 해온 덕에 거듭되는 시합 속에서도 체력이 버틸 만큼 단단해져 있는 몸. 궁지에 몰린 순간 정신이 흐트러지더라도 그간의 연습으로 자연스레 눈앞의 장애물을 넘어서는 몸이 있었다.

검도를 했을 때 몸의 '모양'이 예뻐지는지는 잘 모르겠다. 수련자 각자의 타고난 몸과 거기에 더해지는 노력에 따라 몸의 모양은 천차만별로 변할 테다. 다만 당신의 몸은 싸우고 견디는 몸이 될 수 있다. 시합에서 더 많이 이기는 몸이 될 수도, 혹은 수련에서 쌓인 단단함을 무기 삼아 일상에서 겪는 여러 어려움에 쉽게 마음이 무너지지 않도록 도와줄 수도 있다.

무엇보다 의도한 공격을 해내는 움직임의 아름다움은 시합장에서건 도장에서건 그걸 지켜보는 사람들에게 어떤 마음을 불러일으킨다. 절묘하게 성공시킨 머리 치기 공격 하나가 나오면 지켜보는 사람들 입에서 "와!" 하는 감탄사가 절로 나오니까. 연속으로 공중에서 회전하는 데 성공한 김연아의 트리플 점프만큼이나 소중한, 수련으로 다져진 몸에서 나온 움직임이 누군가의 마음에 작은 불씨를 지필지도.

※
※
※

놓친 마음을 잡아준 순간

회사에서 일하다가 실수한 날. 질책하는 상사의 말과 눈빛에 심장이 푹 가라앉았다. 이럴 때는 어떻게 해야 마음이 괜찮아질까? 퇴근 후 도장에서 스트레칭을 하고 자세 연습을 했지만 움직임이 영 엉거주춤이었다.

'내 몸의 이음새가 나사로 이어져 있다면 지금 몹시 헐거워져 있을 거야.'

팽팽해야 할 왼 다리가 구부정해져 있고, 타격하기 위해 앞으로 튀어 나갈 때도 곧게 나아가지 못하고 앞으로 고꾸라졌다. 그 모습을 지켜보던 도장 사범님이 놀라서 한마디 하셨다.

"왜 자세에서 안 하던 버릇이 나와?"

마침 그날따라 도장에 가끔 찾아오시는 나이 많은 사범님도 와 계셨다.

"왼발이 앞으로 나가는 오른발 뒤로 따라붙는지 확인해봐요. 그러고 나서 앞으로 나가봐요."

그 말을 듣는 순간 사범님이 가리킨 방향으로 마음이 기울었다. 힘을 빼고 천천히. 앞발과 뒷발의 간격을 확인하고, 뒷발에서 힘을 줄 부분에 집중해봐야지. 그렇게 뒤쪽에 놓인 왼발을 앞으로 밀었더니 조금씩 몸이 움직여졌다.

언젠가 어떤 사범님이 얘기했던, 잃어버린 마음을 찾는다는 뜻의 '구방심救放心'이라는 말이 떠올랐다. 사범님도 이 정신을 되새기며 놓쳤던 마음을 되찾아오곤 했다고. 연륜 있는 사범님이 담담하게 해주신 말을 이정표 삼아 움직이는 순간, 흩어졌던 마음이 제자리를 찾은 듯한 안도감이 헐거워졌던 몸에도 고스란히 전해졌다.

＊
＊
＊

딱 한 발만 넘어서면
쉬워질 때

"지금 서 있는 데서 머리 공격하러 뛰어들어와 봐요. 충분히 닿아요."

함께 대련 중인 사범님이 내 공격의 사정거리를 넓히는 연습을 시킬 때였다. 지금 여기서 뛰어들라고? 내게는 한참 멀게 느껴지는데, 상대의 머리에 내 죽도가 닿을까? 확신이 없어 머뭇거렸다. 아주 못 닿을 거리는 아닌 것 같았다. 조금만 더. 딱 한 걸음 더. 할 수 있을 듯한데…….

눈앞의 상대가 기다리고 있다. 뛰어들면 어디든 닿겠지. 앞으로 몸을 던졌다. 느껴지는 손끝의 타격감. 닿았구나! 조금 짧긴 하지만 칼끝이 아슬아슬하게 머리 부분을 쳤다.

"이거예요! 방금 공격 참 좋다."

숨을 헥헥거리느라 기쁜 마음을 드러낼 여력은 없었지만 사범님 말이 귀에 꽂혔다. 뿌듯함에 마음이 부풀어 올랐다.

뭔가를 해낼 때의 나와 해내기 전의 나.

뒤돌아보면 간발의 차이일 때가 많은데, 해내기 전의 나는 마치 그 차이가 어마어마한 듯 주춤한다. 그럴 때 선배들이 등을 떠민다.

얼떨결에 조금씩 나아지는 순간. 혼자서는 무엇이 문제인지도 모르고, 문제를 발견해도 어떻게 해결해야 할지 모르는데 선배들 눈에는 그게 잘 보이나 보다. 도장에서의 하루하루가 쌓일수록 뒤에서 떠민 선배들의 손에 내 등이 움푹 파이는 느낌이다. 삶에서나 수련에서나 나를 제대로 봐주는 사람들의 존재가 필요하다는 생각이 든다.

성장의 방향으로 등 떠밀어주는 사람들 곁에 있고 싶다. 언젠가는 나도 누군가를 그렇게 등 떠밀 수 있었으면, 하는 마음도 함께다.

딱 한발만 넘으면 쉬워지는 순간이
있는데, 그럴 때마다 머뭇거린다.

딱 한걸음 더

얼마 전만 해도.

거기서 뛰어들어와봐요

여기서요?

＊
＊
＊

빛나라! 호승심

시합에 나가면 이기고 싶다. 당연한 마음인데, 그 마음을 드러내기가 왠지 부끄럽다.

이기려고 전력으로 마음먹어도 질 때가 많다. 몸은 시합장 안에 있건만 싸우기보다 집에 가고 싶은 날도 있다. 이왕 패배로 뒷걸음친다면 좀 그럴듯한 이유가 있기를. 이를테면 '상대가 작년도 우승자였어.'라든가 '오늘은 몸살 때문에 몸이 움직여지지 않았어.' 같은 것들로 말이다.

어떤 시합에서는 전년도 우승자를 상대로 몸을 움찔거리며 시합을 했다. 지고 나오는 데 1분도 채 걸리지 않았다. 지독한 몸살인 상태로 시합한 적도 있다. 역시 지는 건 순식간이었다. 심판의 시합 종료 선언을 확인한 후에 흐물흐물 뒷걸음질로 경기를 끝냈다.

상대의 강함이나 컨디션의 여부도 패배의 이유가 되지 못하는 날이 있다. 그럴 때는 긴장감이 찾아왔다. 마음과 몸이 움츠러들수록 목이나 허리가 아파 왔다.

"상체를 앞으로 숙여봐, 두 손은 벽에 대고. 허리를 스트레칭해 주는 거야."

요가 강사 일을 하는 도장 언니가 알려준 대로 허리를 꼼꼼히 풀어보기도 했다. 돌처럼 굳은 어깨도 주물렀다. 아참! 마음을 풀어낸다고 노래를 부른 적도 있다. 이렇게 긴장감을 풀어낼 여러 방법을 써봤건만, 그럼에도 지고 나온 날이면 씩씩거리며 울었다. 쪽팔려도 어쩔 수 없다. 다 큰 어른도 때로는 눈물샘을 막지 못해서 줄줄 운다. 세상의 여러 노력 중 어떤 건, 특히 내가 하는 노력이 무의미하게 느껴질 때가 있었다.

그래서인지 누군가 시합 전에 "충분히 이길 수 있어요." 하고 응원해줄 때면 이런 말로 얼버무렸다.

"아이고, 저 시합 때 잘 쫄아요."
"도전하는 것만으로도 좋죠."

'도전하는 것만으로도'라니? 욕심 없는 사람처럼 말했지만 거짓말이다. 도전만 하고 결실이 없으면 점점 힘이 빠진다. 실제로는 이기고 싶었으면서 번번이 아닌 척했다. 어쩌다가 한두 시합이라도 이기면 내가 상대를 때린 시합 영상 부분을 신나게 편집해 인스타그램에 올릴 거면서.
반드시 이기고 싶은 마음. 이런 호승심好勝心을 숨기는 데만 급급했던 내가 마음을 드러내 보인 적이 있다. 시합할 때는 아닌데, 다른 순간에 다른 방식으로 그랬다.

밥벌이하는 틈틈이 인스타그램에 그려온 검도 만화. 그걸로 뭔가를 만들 기회가 생겼다. 참여하는 그림 모임의 한 사람이 굿즈 만들기를 제안한 것이다. 제작에 총대를 맨 사람 덕분에 나를 포함한 다른 작업자들은 굿즈에 넣을 그림만 고르면 됐다. 내 그림들 중에서 어떤 걸로 굿즈를 만들면 좋을까?

쟁여둔 작업물 중에서 호구를 쓰고 시합에 대기하는 사람의 모습을 골랐다. 언젠가 인스타그램 그림 계정에서 진행했던 이벤트 당첨자의 사연이 담긴 그림이었다. 슬쩍 거들 듯 도안 옆에 말 한마디를 적어뒀다.

이기고 싶다.

무릎 꿇고 앉아 자기 차례의 시합을 기다리는 사

람. 그 옆의 '이기고 싶다'는 말. 그림 속 사람이 지만 왠지 실재하는 사람의 마음이 더 선명히 드러나는 것 같았다. 한 켠에 숨겨두었던 내 마음 같기도 했다.

제작된 굿즈들은 여러 사람에게 갔다. 파우치, 열쇠고리 등 물건의 종류가 다양했는데, 그중 머그컵을 찾는 사람들이 많았다. 굿즈 제작과 발송을 거의 처음 해보는 나는 머그컵 포장과 택배 배송에 가장 많은 시간을 쏟았다. 수많은 시행착오 끝에 알게 된 건 머그컵을 감싸는 뽁뽁이의 중요도와 고마운 마음은 몇 번을 강조해도 지나치지 않다는 사실이다.

물건을 받은 사람들 중 몇몇에게서 감사하다는 메시지가 왔다. 굿즈 제작이 처음이다 보니 전달한 물건에 대해 피드백이 온다는 것 또한 예상하

지 못했다. 애써서 전한 물건에 대해 고마움을
전하는 말들이 좋았다. 그중에서 어떤 메시지는
오래도록 기억에 남았다.

잘 받았습니다. 너무 예뻐요. 손편지도 감사합니다.

여기까지는 종종 받은 감사 인사와 다르지 않았
다. 이어지는 문장이 내 마음을 두드렸다.

이기고 싶다…… 이기고 싶다……
감춰지고 쭈그러진 솔직한 마음이 예쁘게 드러난
머그컵과 열쇠고리 잘 쓸게요.

뭐라고 답해야 할까? 보통은 메시지를 받으면
보낼 말이 바로 생각났는데, 이 메시지에 대해서
는 영 떠오르질 않았다. 물건을 만들 때의 마음
이 읽힐 수 있구나, 솔직한 마음이 예쁘게 드러

났다니. 어떤 연결 고리도 없는 사람이 진심을 알아주면 이런 기분이 드는구나. 그날 하루를 구름에 뜬 기분으로 지냈다.

이기고 싶다는 마음을 드러내는 건 여전히 어렵다. 그래도 내 마음의 일부인 호승심을 다루는 내 태도는 약간 달라진 듯하다. 타인을 깎아내리며 밟고 올라서는 건 나쁜 일이겠지만, 노력한 만큼의 실력으로 누군가를 앞서가고 싶다는 마음은 자연스러운 거니까. 한 켠에 구겨놓았던 마음을 잘 펴서 반짝반짝하게 드러내 보여야지.

누군가가 "충분히 할 수 있어요."라고 응원한다면 다음에는 이렇게 말해봐야겠다.

"응원 고마워요. 잘 이기고 올게요."

✳
✳
✳

진지하면서 웃겼던
어느 작은 시합

"언제 이길지 모른다 생각하면서 매번 시합에 나가요? 대단하네요."

"그렇다기보다…… 할 수 있을 때 한다는 생각으로 가요."

퇴근길 지하철 안에서 직장 동료와 취미 이야기를 한 적이 있다. 내 취미에 대한 이야기가 나왔고 시합을 얼마나 나가는지에 대한 상대의 질문에 답한 상황. 대단하다는 반응이 묘하게 마음에 걸렸다. 그렇게 말할 수 있을까? 결실보다 시도만 잦은 듯한 지금의 내 모습이? 뭔가 애매했다. 성에 차게 노력하는 것 같지도 않고, 그럼에도 포기하지 않고 있는 지금의 상황이 크게 의미 있는지도 잘 모르겠다. 자주 입상을 하는 사람이었으면 매번 시합에 나갔을까? 아니면 결과를 잘 내놓는 만큼 빨리 질렸을까? 알 수 없었다.

한동안 서울은 물론이고 간혹 지방에서 열리는 시합도 나갔다. 시합장이 자석이면 나는 그에 끌려가는 쇳조각 같았달까. 열 번의 시합을 하면 여덟 번 넘게 지는 느낌이지만, 어쩌면 오늘만큼은 내가 이길지도 몰라. 언젠가 올 그날이 오늘이길 기대하며 시합장에 가는 나날이었다.

하고 싶어 애를 쓰는 만큼 시합장 가는 길이 매번 즐거웠냐고 묻는다면, 글쎄. 대진표에서 내 상대가 작년도 입상자임을 확인하고는 "아, 망했다!"를 외쳤던 순간. 1차전 시합 상대의 유튜브 영상을 발견하고서는 마음이 쪼그라들었던 기분 같은 게 떠오른다. 아아, 다들 나보다 잘하잖아.

지역구 단위로 열렸던 언젠가의 작은 시합. 그곳에 갈 때도 마음이 묵직했다. 나를 두고 했다는, 상대 속도 모르고 꽤 오랫동안 믿어온 누군가의 말이 머릿속을 맴돌고 있었다.

"걔 시합 못하잖아."

검도 하는 사람들은 이른바 평상심平常心을 중요하게 여긴다. 동요하지 않는 마음 상태, 혹은 단순하고 고요한 마음의 상태 말이다.

하지만 시합장으로 가는 동안 마음이 몹시 흔들렸다. 잦은 야근에도 어떻게든 수련하러 달려갔는데. 무엇보다 도장에서 시합에 가장 자주 나간 사람인데. 성과 부분에서는 할 말이 없긴 했다. 그래도 노력이라면 내가 제일 많이 해왔는데.

시합 장소로 향하는 버스 안에서 비장의 무기를 꺼냈다. 귀에는 이어폰을, 손가락은 유튜브 앱의 플레이 버튼을 조준. 최대한 발랄한 노래로 골랐다. 이럴 때야말로 자신을 의기소침의 늪에서 구

해내야 할 때. 힘내고 싶을 때는 어릴 적 들은 만화 주제가 풍의 노래를 듣는다. 신나는 멜로디에 슬쩍슬쩍 고개를 움직여봤다. 조금씩 마음이 풀어졌다.

너는 내 맘 모르지 아츄~

싸움하러 가는 지금 상황과 영 상관없는 노래 가사지만 아무렴 어때. 이럴 때의 아이돌 노래는 마음의 힘을 빠르게 채우는 마법의 약 같다. 나쁜 말들은 정의의 이름으로 용서하지 않으리! 목적지로 향하는 발걸음이 빨라졌다. 조금은 마음이 가벼워져 시합장에 도착할 수 있었다.

그날 시합에서 나는 개인전과 단체전 두 부문에 나갔다. 내 이름은 A/B팀으로 구성된 도장 단체팀에서 상대적으로 실력이 후순위인 B팀에 배

정돼 있었다. 내가 생각하는 단체전의 묘미는 '비빌 언덕'이다. 내가 지더라도 다른 사람이 이겨서 전체 승률이 올라가면 다음 시합으로 넘어갈 수 있으니까. 내가 속한 B팀에 그런 시너지가 나진 않았다. 팀 전체가 1회전 탈락. 대신 그날의 반전은 다른 데서 일어났다. 비빌 언덕이라고는 나 자신뿐인 개인전에서.

개인전 1회전 상대는 나보다 키가 크고 목청도 남달랐다. 시합장 안에 들어간 나는 잔뜩 긴장했다. 힘이 훅 들어간 어깨와 부들거리는 다리. 목구멍 안쪽으로 기어들어가는 기합 소리. 그래도 상대와 몇 번 공격을 주고받으면서 점점 침착해졌던 걸까? 상대의 죽도를 슬쩍 제껴 내 칼을 크게 들며 앞으로 돌진했다. 그렇게 해낸 머리 득점이 하나. 1회전을 통과했다. 2회전, 3회전도 넘어섰다. 그다음 4회전이 결승전이었다. 결승

전에 올라온 나와 상대가 일제히 몸을 심판석 쪽으로 돌려 인사한 다음 서로를 마주 보았다. 마지막 시합이 시작됐다.

결승 상대의 얼굴을 봤다. 개인적으로 아는 사이가 아닌데 낯이 익었다. 그만큼 나와 시합장에서 자주, 긴 시간 마주쳤으며 수련 연차가 오래된 사람이라는 것. 상대가 큰 사람으로 느껴지면 자연스레 마음속 내가 작아진다. 시합 초반에 상대에게 한 대 맞은 데다 자꾸 뒷걸음질 치다 보니 어느새 내 두 발이 시합장 바깥으로 벗어났다. 그렇게 장외 반칙을 두 번 했다. 반칙 2회면 1점 실점. 앞선 1점 실점과 합해 0 대 2로 졌다.

소는 뒷걸음질 치다가 쥐를 잡는다던데 나는 뒷걸음질 치다가 쥐, 아니 반칙패라니. 만화 슬램덩크에서는 농구 경력 4개월밖에 안 된 주인공

강백호가 5반칙 퇴장을 당했던가. 역시 주인공은 반칙패. 아니, 나는 10년 이상 했으니 딱히 풋내기도 아닌데! 좀 변명하자면 이건 그날따라 유난히 코트 크기가 작아서 그랬을지 모른다. 다른 사람들의 시합에서도 장외가 여럿 났으니까.

"너 장외 두 번 났을 때 심판 보던 관장님이 아쉬워했어."

내가 시합에 나갈 때마다 응원군 역할을 도맡아하는 애인이 말을 꺼냈다. 맞다. 어리바리하게 뒷걸음치는 것보다 뭐라도 시도하다가 맞으면 좀 덜 아쉬웠을 테다. 그래도 결승전의 패배가 마냥 아쉽진 않았다. 기억에 남을 농담거리가 되어서. 시합장 바깥에서 심판을 봐주시던 모 도장 관장님에게 "안녕하세요?" 하고 인사를 드렸는데, 장난기 가득한 얼굴이 되어 발로 선 넘는 동작을 슬쩍 해버리시는 게 아닌가. "꺄아악!" 선을 넘어선 관장님의 발끝을 본 내 입에서 부끄러움의 비명이 절로 나왔다.

번뜩이는 장외 패의 추억. 얼굴이 벌게져서 튀어나왔던 외마디 소리. 웃긴 기억으로 남았지만 그래도 괜찮았다. 결승전까지 올라간 나라니. 내 힘으로 움켜진 이 은은하고 훈훈한 메달 색깔 보이시는지? 그 증거물이 나를 두고 "시합 못하잖아."라고 했던 사람에게 대신 말해주는 거 같았다. 저 시합 안 못하거든요!

✳
✳
✳

상대를 알아채는 일

주변 사람들에게 무심하다는 말을 종종 듣는다. 가족들이 붙여준 '무심 낭자'라는 별명도 있다. 눈앞의 사람이 어떤 생각을 할지, 무얼 필요로 하는지, 본인이 콕 집어 말해주지 않으면 헤아리기 어렵더라. 눈치 100단 아버지에게서 커다란 발가락은 물려받았지만 눈치는 쏙 빠졌나보다.

대화 분위기를 잘못 읽어 엉뚱한 말이나 행동이 툭 튀어나오기도 했다. 그런 시행착오에 사람들이 깔깔 웃을 때도 있지만 그리 자주 있는 일은 아니다. 어쩌면 나란 사람, 분위기 메이커보다 진상 쪽에 가까우려나. 상대의 마음이 어딘가에 적혀 있고 나는 그저 읽기만 하면 좋으련만.

이렇게 눈치코치 없는 내게 도장 사람들과의 관계는 좀 다르게 다가온다. "무심하다."는 말 대신 "섬세하다."는 말을 듣고 "단체 생활에서 게으르다.”는 말 대신 “사람 잘 챙긴다.”는 말을 듣는다. 평소에는 상대 마음을 영 모르겠는데 수련할 때는 옆 사람의 상태를 알아채기가 그리 어렵지 않다. 일부러 애쓰는 게 아니다. 그저 눈에 띄는 것에 가깝다.

도장에 들어와 인사하면 먼저 도착해 있는 사람들을 본다. 그들의 발놀림이나 손의 움직임이 눈에 들어오다가, 뭔가가 자연스레 내 귀에 날아와 꽂힌다.

“이야압!”
“아자자!”
“아차!”

사람들의 기합 소리다. 사람마다 기합 특징이 분명하다. 음색도, 높낮이도, 내지르는 소리의 길이도 다르다. 그 안에는 어쩐지 그날 그 사람의 컨디션도, 마음속 호승심도, 수련에 임하는 자세도 드러난다.

"오늘은 열심이네."
"저 사람 뭔가 마음이 안 좋나?"
"뭐야, 오늘 슬렁슬렁이네."

스스로가 느끼기에, 이건 도장에서 발휘되는 마법이다. 어쩌다 이렇게 타인을 살피는 데 예민해졌을까?

혼자 있는 시간을 더 편하게 여기는 나지만 도장에서는 반드시 눈앞에 누군가가 있을 수밖에 없다. 대련을 혼자 할 수는 없는 일이니까. 상대(정확히는 상대의 공격)에 대해 골몰하지 않으면 대련의 승패가 나지 않는다. 마주한 상대에게 닿기 위해 뭐라도 시도해본다. 이게 맞나? 저게 맞나? 그런 식으로 한 타 한 타마다 몸짓이 오간다.

그렇게 투닥거리며 쌓은 시간이 상대의 뭔가를 헤아리는 촉을 길어낸 걸까? 더 보이는 만큼 더 마음이 간다. 마음이 가면 그만큼 움직여서 다가가게 된다. 조금은 무심하지 않게 타인을 살핀다. 겉모습의 안쪽을 들여보는 것은 번거로우면서도 신기한 일이다.

※
※
※

노력과 온정의 콤비네이션

밤 11시. 집으로 향하는 야트막한 언덕길을 낑낑대며 올라가고 있었다. 한 손에는 검도 호구가 담긴 캐리어 가방의 손잡이를 쥐고 다른 한 손에는 죽도가 담긴 천 가방을 든 채. 백팩까지 메고 있자니 금방이라도 길바닥에 주저앉고 싶어졌다.

"정말 뭘 얻겠다고 이 고생을 하는 거야, 난?"

괜스레 올라오는 툴툴거림. 사실 이런 고생이 싫기만 하지는 않았다. 묵직하게 마음을 누르는 긴장감. 그 너머로 슬며시 올라오는 기대감에 가슴께가 간질거렸으니까. 내일 시험장에서 난 붙을까 떨어질까? 새삼 앞선 필기시험의 기억이 떠올랐다. 답안지를 밀려 썼을지 모른다는 걱정에 시험장 바깥에서 찔끔 울었던가. 나중에 결과를 확인하니 눈물이 무색하게 '합격'이라는 두 글자가 딱 적혀 있었다.

내가 합격이라니! 들뜬 마음에 실기시험을 준비하면서는 도장을 거의 빠짐 없이 나갔다. 구술시험 예상문제도 시간을 쪼개가며 틈틈이 외웠으니까. 누군가 예상문제의 답을 묻는다면 자판기에서 음료수가 튀어나오는 것마냥 답이 나올지도. 시험장소는 충청북도 음성의 대한검도회 중앙연수원. 시험이 아니라면 찾아갈 생각이 잘 들지 않는 곳으로 생활 스포츠 지도사 자격증의 실기시험을 치르러 가는 길이었다.

생활 스포츠 지도사는 생활 체육 분야의 강사 일을 하기 위한 자격증이다. 헬스, 골프, 배드민턴 등 다양한 자격 종목 중에는 내가 오래 해온 검도도 포함된다. 체육 전공을 한 대학생들이 주로 도전하지만 체육을 오랜 취미로 삼은 생활 체육인들도 응시할 수 있는 시험. 검도 수련자들은 보통 4단 이상 때부터 이 시험에 응시한다. 나

또한 4단 이후부터 자격증을 따야겠다는 마음을 먹었다. 사실 취미 생활에 머문다면 굳이 자격증 준비로 시간을 쓸 필요는 없다. 무엇보다 쓸모를 따지기에 앞서, 내게는 뭔가를 이루고 싶다고 욕심내는 일이 쑥스럽다. 과하게 욕심내는 걸로 보이면 어쩌지? 실력도 안 되는데 의욕만 앞선다고 한 소리 듣는 거 아냐? 그래도 뭔가를 오래 좋아하다 보면 진지해져 버리는 순간이 오니까.

"자격증 딸 수 있으면 시험 한번 봐봐. 앞일은 모르는 거잖아."

주변에서 한마디씩 듣다 보니 도전하려는 마음이 우물쭈물하면서도 조금씩 커져갔다. 무엇보다 1단부터 4단까지 여러 번의 시험을 거치며 느끼는 게 있었다. 목표를 정하고 거기로 가닿는 과정을 선택해야만 겪는 마음과 만나는 사람들이 있음을. 그 과정에 몰두하는 감각이 삶의 실감으로 연결된다는 걸. 겁 많은 내가 무의식적으로 깨닫는 부분인지도 모르겠다. 결국 국민체육진흥공단 홈페이지에서 자격증 시험 신청 버튼을 눌러버렸다.

"아아, 해버렸어."

쑥스러움에 두 손으로 얼굴을 감쌌던 기억은 필기시험을 보기 한참 전의 추억이 되었다. 이제는 실기와 구술면접 시험을 앞두고 있으니 시험의 긴 여정에서 절반쯤 와버렸다. 아침 일찍 시험장소에 도착하니 현장에 모인 응시생 숫자가 족히 100명은 돼 보였다.

"지난번에 시합장에서 만난 분이죠?"

"오랜만에 뵙네요. 오늘 시험 파이팅하세요!"

그동안 시합과 승단 심사에서 종종 마주치던 사람들이 보여 인사를 나눴다. 가끔만 만나는 사이지만 이럴 때는 서로 알고 있다는 사실만으로 동료가 된다고 해야 할까. 함께 대화를 나누며 긴장감을 풀어내는 가운데 어느새 시험 시작 시간이 되었다.

실기시험 과목은 검도의 기본 동작 중 하나인 연격과 상호대련. 이 두 개의 과목으로 시험을 치르는 데는 대략 3분 정도 걸린다. 시험 당일 컨디션이 안 좋을 수도 있고, 긴장해서 평소의 실력을 못 보여줄 수도 있지만 모두에게 공평하게 주어지는 시간. 어느덧 내 수험번호가 불렸고, 긴장한 채 시험장 안에 들어갔다. 시험의 채점 기준이 있는 건 안다. 공격에 알맞은 거리, 언제

칠지 기회를 알아채는 순간, 상대 앞에 주눅 들지 않는 기세, 흐트러지지 않는 자세. 하지만 머릿속은 하얬다. 제대로 해냈을까? 순식간에 내 차례의 실기시험이 끝나고 점심께쯤 실기시험 탈락자가 가려졌다. 이번에도 내 수험번호는 합격자 명단에 있었다.

최종 관문인 구술면접 시험이 남았다. 그리고 내게 이 시험이 오래 기억에 남은 건 구술면접 직전의 짧고 분주했던 이 순간 때문이다. 나와 함께 수험번호 앞쪽에 몰려 있던 여자분들이 현장에서 즉흥적으로 작당 모의를 시작한 것이다.

"저희 관장님이 요 부분은 구술시험에 나올 수 있다고 했어요."
"심판법 관련 질문이 나온다면 답할 만한 게 요 부분밖에 없어요. 잘 외워둬야 해요."

"그 문제에 대한 답은 제가 정리해서 가져온 게 있어요. 같이 봐요."
먼저 구술면접 시험을 보고 나온 사람도 답을 외우는 사람들에게 돌아와 정보 한마디 남기고 떠나길 잊지 않았다.

"전혀 생각 못 한 질문이 나왔지 뭐예요? 한번 해당 답들 찾아봐요. 저는 모른다고 말하고 나왔네요. 하하."

서로 답을 챙겨주는 마음. 시험 직전까지 뭐라도 더 외우겠다는 의지. 자격증 시험의 합격 기준이 절대평가였기에 가능한 도움이었을지 모르지만, 시험의 한가운데 서로를 챙기며 답을 외우는 자리에 내가 있다니. 내 차례의 구술면접 시험 질문에 답변을 들은 시험관들이 "그만!"이라고 말할 만큼 넉넉히 답하고 나왔다. 함께 분주히 외웠던 예상문제에서 나온 질문들이었으니까. 운이 좋았다고 해야 할까. 아니면 나의 노력과 서로 북돋아준 마음이 빚어낸 운이었다고 해야 할까.

그때의 언니들은 시험에 무사히 합격했을까? 그때의 기억처럼 서로 즐겁게 돕는 순간을 앞으로도 만나면 좋을 텐데. 얼굴을 보고 말할 수 없으니 이렇게나마 고마움을 전한다. 참 감사했어요, 언니들!

✳
✳
✳

어떤 내가 먼저일까?

24시간의 하루. 그 시간 동안 내 모습은 여러 개로 쪼개져 있다. 일과 시간 동안은 일하는 나. 혹은 부모님과 티격태격하는 우리 집 딸내미. 저녁에는 늘상 도장으로 달려가는 검도 수련자다.

이 세 개의 역할에는 나름의 우선순위가 있다. 마음 같아서는 검도 하는 나를 1위로 두고 싶지만, '일하는 나'가 없으면 도장을 갈 수도, 딸내미로서의 역할도 잘할 수 없을 테니까. 내 앞가림을 해야 그 밖의 다른 일상을 지탱할 수 있다. 그런 점에서 '일하는 나'는 꽤나 중요하긴 한데, 솔직히 말하자면 일하는 나를 좋아해 주기까지는 제법 시간이 걸렸다. 회사 다닐 때는 힐끔힐끔 퇴근 시간을 확인하던 직장인이었으니.

반면, 상대적으로 시간을 덜 썼던 부분은 '딸내미인 나'다. 일하느라 집에 잘 붙어 있지 않는다는 점에서, 저녁 시간에는 도장에서 시간을 보낸다는 점에서 그렇다. 코로나 상황 이후부터는 집에 머무는 시간이 길어지면서 자연스럽게 부모님 옆에서 나름의 역할을 하는 비중이 높아졌다.

어느 순간까지는 좋아하는 나에게 마음껏 몰입하고 싶었다. 하지만 지금은 다양한 '나'들 사이에서 중심 잡기를 해야 일상이 유지된다는 사실을 떠올린다. 무엇보다 좋아하는 마음에도 힘이 들기 때문에, 어느 한쪽에 마음을 기울였다가는 다른 부분의 나 자신에게 쓸 힘이 줄어든다. 사실 다양한 내 역할에 힘을 고루 주기 위해 마음 쓰는 것도 쉽지 않다. 그래도 다양한 '나'들을 두 팔로 끌어안으며 아등바등 가본다. 무엇 하나 버리고 싶지 않은 '나'들이라서 더욱 그렇다.

어차피 사는 건 만만하지 않다. 애초에 뭘 하든

힘이 들고 지친다. 그런 가운데 몸과 마음의 균형을 도모하는 게 수련. 수많은 '나'들 사이에서의 중심 잡기 또한 중요한 균형일 테다.

＊
＊
＊

흔들리는 사람

보통 말을 조용조용하게 하는 편이다. 여차하는 순간의 표정 변화도 크게 없어서, 사람들은 내게 '든든한 사람' 내지는 '잘 흔들리지 않는 사람'이라고 종종 말한다. 하지만 도장 선배들은 안다. 강한 상대 앞에서 좌충우돌하며 쪼그라드는 내 모습을.

대련할 때 막막해지면 유난히 숨을 헐떡거리거나 뒷걸음질 친다. 허우적거리는 팔과 다리를 숨기지 못한 채 식은땀을 뻘뻘 흘린다.

"너무 잘 흔들려! 몰아치면 정신을 못 차리잖아."

결국 간간이 도장에 오시는 7단 사범님께도 대련 후 지적을 받았다. 7단 사범님하고 대련하는데 나 같은 4단 나부랭이가 무슨 수로 안 흔들릴 수 있을까? 소심한 본성은 검도를 한다고 크게 바뀌지 않는다. 시합장에 가면 기합을 우렁차게 내지르는 대찬 사람들이 참 많건만.

그래도 때로는 잘하는 사람 앞에서 덤덤해진다. 컨디션이 좋아서일 수도 있고, 아니면 어떤 일 때문에 기분이 좋아서일 수도 있다. 이유는 모르겠지만 어떤 순간에는 "어쩐지 해볼 만 할 것 같아."와 같은 마음이 찾아오더라. 그럴 때는 시합에 나가서도 확실하게 이기고 돌아온다. 아무 생각 없이 시합장에 들어가서 30초 안에 상대를 제압한 적도 있다.

성공의 기억이 하나둘 생기면 자기 자신에 대한 믿음도 조금씩 자란다. 다만 그게 꼭 매 순간의 담담함으로 이어지진 않는다. 언젠가의 내가 해냈던 걸 어느 날의 나는 못 해내기도 한다. 간신히 해냈는데 또 안 되는 건가. 허탈하긴 하다. 그래도 요즘은 이런 과정을 덤덤하게 받아들이려 한다. "잘하던 걸 못하면 어떡해." 하고 혼이 날 때도 적당히 흘려듣게 되었다. 메시 같은 축구 선수도 매번 골을 넣는 건 아닐 거 아냐. 하물며 나 같은 생활 체육인이야.

흔들리면서 강해지는 사람, 강해지다가도 또 흔들리는 사람. 그런 모습 자체로 하루분의 수련을 해내는 게 나 자신일 뿐 흔들리는 나 자신에게 좀 너그러워지고 싶다. 잘하다가 못할 수도 있고, 못하면 좀 노력하면 되지. 영 안 되면 때로는 땡땡이도 치고…… 너그러움의 수위 조절에 실패하는 감이 있지만 아무튼 간에.

수련일지를 적어보지만..

물론 흔들리지 않는 순간도 있다.

잘 흔들리고, 흔들린 만큼 강해진 사람

그리고 또 흔들리는 사람(에잇)

＊
＊
＊

좋아하는 마음,
멀어졌다가

만약 내 수련 생활이 멈춘다면 어떤 이유일까? 야근이라든가, 아니면 임신이나 출산 같은 것들. 이런 종류의 공백을 겪기 전과 후는 많이 다르겠지? 나는 그 공백을 만회할 수 있을까? 지금처럼 성에 찰 만큼 뛰고 부딪히는 몸의 자유를 느낄 수 있을까? 그럴 수 없다면, 온전히 누릴 수 있는 건 지금의 시간뿐이지 않을까? 수련하는 마음 한 켠에는 이런 식의 짐작 혹은 각오가 있다. 오랫동안 마음을 기대고 좋아해 온 일에 대해, 나는 분명 어느 시점에 아무리 의지를 부려도 만회하지 못할 공백을 겪을지 모른다.

그 공백의 첫 이유가 전염병이 될 줄은 몰랐지만. 코로나로 사람을 마주하는 일이 피해야 할 뭔가로 변했다. 덩달아 나의 저녁 일상에 블랙홀처럼 커다랗게 빈 시간이 생겼다. 검도 도장이 닫힌 것이다. 작년 2월 말부터 1년 동안 언제

열릴지 모르는 채였다. 꽤 오랫동안 저녁 시간의 대부분을 보내던 생활. 그게 사라지자 일상의 많은 부분이 변해갔다.

좋은 순간도 있긴 했다. 저녁밥을 먹는 시간이 그랬다. 예전에는 일과 운동을 끝내고 밤 10시쯤 집에 돌아와 찬밥을 꺼내 먹는 게 당연했는데. 식사 시간이 7시 무렵으로 앞당겨지자 가족과 얼굴을 마주 보고 밥을 먹을 수 있었다. 따뜻한 밥과 반찬. 그 온기만큼 식사 시간을 대하는 마음의 온도 또한 달라졌다. 딸내미가 밖으로 돌아다니는 동안 엄마 아빠의 얼굴에는 세월이 묻어나기 시작했구나, 같은 작은 알아챔과 함께. 빨라진 저녁 식사에 대해 굳이 흠을 잡자면 몸을 움직일 일이 없어져서 편하게 소화되는 느낌이 좀 덜했다는 것 정도랄까.

밥 먹는 풍경뿐만이 아니었다. 누굴 만나는지도 달라졌다. 이제까지 만난 사람들이 도복 입은 아저씨들이었다면, 이 시기에는 주로 여성들과 함께하는 온라인 커뮤니티에 참여했다. 또래이자 같은 성별의 사람들. 비슷한 고민을 가진 사람들과 연결되는 느낌, 그 안에서 새로운 것을 시도해볼 용기. 서로의 삶이 각자의 고민에 참조점이 됐던 순간을 봤다. 새로운 경험을 많이 했고 깊은 연대감도 느꼈다. 그래도 근본적인 아쉬움이 있었다. 화상회의를 많이 했지만 사람들의 존재감을 느낄 수단이라곤 납작한 사각형의 모니터뿐이어서, 닿지 않고 이어지는 관계를 직접 마주하게 된다면 어떤 느낌일지 알 수가 없었다. 사람과 사람이 마주하는 존재감. 그건 어쩌면 처음부터 도화지처럼 얇은 무엇일까?

도장 선배들과는 연락하지 않고 지냈다. 간간이

글이 올라왔다는 알림이 뜨는 도장 네이버 밴드도 잘 들여다보지 않았다. 수련 외에는 겹치는 다른 관심사가 없어서 더 그랬지 싶다. 수련하는 시간과 함께해온 선배들을 애틋하게 여기던 나는 어디로 갔을까? 크리스마스나 12월 31일에 안부 연락을 보내긴 했지만.

만나지 못해 아쉬웠다. 그러면서도 언제까지일지 모를 이 시기 동안 그들로부터 멀어지고 싶었다. 수련에 너무 많은 의미 부여를 한 것 같은 회의감이 들었고, 수련하는 일상에서 찾아오던 어려운 마음은 잘 풀어지지 않았다. 이를테면 도장 성인부 중에 보통 혼자 여자일 때가 많아 겪던 외로움이라든가, 함께하고 싶었던 친구들이 번번이 도장을 그만두는 데에서 오는 허탈감, 또는 대련 도중 남자인 선배가 지기 싫은 마음에(아니 나한테 좀 맞을 수도 있지!) 조금만 힘으로 내리찍으면 여자인 내 몸이 휘청거리는 데서 오는 무력감 같은 것들. 그런 속상함을 성에 찰 만큼 말할 수 있으면 좋을 텐데.

마음에 힘이 남아 있으면 괜찮은 척 웃는 데 써버렸다. 내가 마음 약한 사람이라 그래, 실제로는 큰일이 아니야 하면서 외면해온 자잘한 마음들이 쌓여 어느샌가 묵직해져 있었다.

좋다. 이왕 멈춘 김에 성에 찰 때까지 사라져버려야지. 좋아하는 마음에 좋은 마음만 있는 건 아니니까. 때로는 큰 반동처럼 좋아하는 마음으로부터 전속력으로 달아나고 싶은걸. 인스타그램 피드에 여전히 검도 그림을 끼적거리는 나를 보며 아무도 그런 생각을 안 했을 것 같지만, 아무튼 나는 스스로의 마음을 그렇게 여겼다.

　　오는 3월부터 검도장이 열립니다. 등록할 분들은

댓글이나 연락 주세요.

그러니까 도장 지도 사범님의 공지글을 네이버 밴드에서 확인하기 전까지는, 분명히 그런 마음이었다.

＊
＊
＊

좋아하는 마음,
다시 가까워진 순간

2월부터 문을 닫았던 도장은 1년이 지난 3월 첫 주부터 다시 문을 열었다.

내가 이 길을 마지막으로 언제 걸었더라? 도장으로 향하는 언덕길이 낯설었다. 도장 입구로 들어서니 반짝거리는 마룻바닥, 거울 앞에서 자세 연습을 하는 선배들, 꽤 오랫동안 못 봤던 것들이 마치 어제도 그랬다는 듯 거기에 있었다.

"안녕!"

"오랜만이에요. 잘 지냈어요?"

익숙한 듯 어색하게 인사를 나눴다. 마음 한 켠에서 피어오르는 반가움. 하지만 심드렁하고 냉소적인 마음은 사실 여전했다. 세상에는 검도보다 중요한 게 많아. 한달음에 마음을 다 주지 않을 테야. 수련에 대한 목적의식도 흐릿해져 있어서, 일단은 몸을 움직이는 일 자체에 의미를 두

기로 했다. 적어도 불어난 살들과 소화불량 문제만큼은 해결될 테지.

관원 모두 마스크를 쓴 채 수련을 시작했다. 오랜만의 대련에서 유난한 상대와 만났다. 비뚤게 치는 칼. 뭔가 마음에 안 들면 고개를 갸우뚱하며 눈앞의 상대는 아랑곳없이 터덜터덜 걸어가는 걸음걸이. 그런 모습 하나하나가 무례하게 느껴졌다. 저 사람한테는 지기 싫어. 싫은 사람한테는 지면 안 돼. 상대의 죽도가 타격 부위도 아닌 내 가슴께를 푹 찔렀다. 화가 나서 상대를 한 대라도 더 치려고 덤벼들었다. 그 사람이 아닌 다른 상대와도 지기 싫은 마음에 사로잡혀 덤벼들었던가. 그렇게 그날의 수련이 끝나는가 싶었다.

"왜 그렇게 지기 싫어하는 거예요? 공격 후에 앞으로 쭉 나가지 않고 맞기 싫어서 상대에게 달라붙기만 하잖아요. 공격을 했으면 앞으로 나가야지. 지금 하는 식으로 대련하면 재미도 없고 서로 연습도 안 돼요. 연습하다가 맞을 수도 있잖아요. 그런 식이면 검도가 아니라 싸움이죠!"

도장에서 늘 웃으며 말씀하시는 하마 사범님으로부터 평소와는 다른 호통이 날아왔다. 내 눈이 동그래졌다. 혼나버렸네. 나의 찌질함을 들켰나? 보통 때의 나였으면 소심한 마음에 어깨가 말려 움츠러들었을 순간인데, 그날은 좀 다른 마음이 들었다. 분명 내가 혼나고 있는데 속이 시원했다. 내가 어떤 모습인 줄 미처 몰랐다. 즐겁기보다는 지기 싫다는 마음이, 내가 검도라는 걸 어떤 즐거움으로 했는지조차 잊은 채였던 마음의 경직이 깨진 듯했다.

"이제 5단 승단 준비를 해야 하니까 체력도 키울

겸 기초 연습하는 시간대에도 나와 연습해요."

하마 사범님의 말에 속으로 생각했다. 실력도 안 되는 사람인데 마음만 앞서는 거 아닐까요?

"언니, 이제 승단 준비해야죠."

이미 5단인 실력자 갱 사범님도 거들었다. 역시 또 속으로 생각했다. 늘 뭔가 욕심내는 마음까지 간신히 다다랐는데, 이번에는 등 떠밀어주는 말 을 듣고 있네. 혼자 뭔가를 애써 부여잡는다고 느꼈던 때와는 상황이 사뭇 달랐다.

검도에 대해, 움츠러들었던 마음에서 재미를 느 끼는 마음으로 방향이 바뀌어 갔다. 다시 한번 다짐하건대, 마음을 한달음에 다 주지 않을 거 야. 인생에 검도 말고 중요한 게 얼마나 많은데.

그렇게 몇 주, 아니 몇 달이 흘렀다. 다시금 손과 발에 물집이 잡히고 팔 부분에는 보호대를 이것 저것 덧대기 시작하고……. 수련하는 일상으로 마음이 달음질치고 있었다. 왜 열심히 하는 걸까, 난? 성에 찰 만큼 실컷 멀어졌던가? 속상한 마음은 제대로 풀어냈던가?

기본기를 수련하는 관원들의 모습에 기합이 잔뜩 들어가 있다. 덩달아 나까지 분위기에 빨려들어가 버렸다. 기초 동작 연습과 자유 대련까지 알차게(사실 종종 힘들다고 뺀질거리며) 연습한다. 도장이 코로나 확진 상황에 따라 언제 다시 닫힐까 조마조마한 순간도 있다. 다행히 지금은 제법 오랜 기간 동안 계속 운영 중이다. 당분간 닫힐 일은 없을 것 같다.

공백을 겪기 전과 후 도장으로 돌아온 일상이 비슷해 보이지만 조금 다른 점은 있다. 저녁 식사 시간을 예전보다 훨씬 일찍 챙긴다. 부모님 얼굴을 보며 밥을 먹는 일은 중요하다. 바로 곁에 있는 사람들과의 시간이라고 해서 무한정 있는 게 아니니까.

도장이 닫힌 기간 동안 교류하게 된 또래 여성들과의 인연도 온라인으로 계속 이어나가고 있다. 도장 사람들과 시간에 마음이 쏠리다가도, 이 친구들과의 관계를 이어가야 삶의 구체적인 부분을 살피며 미래를 만들어갈 수 있음을 떠올리려 애쓴다. 취미 생활이 삶의 숨구멍을 만들어준다면, 내가 어떻게 살고 싶은지를 떠올리고 만들어가게 해주는 관계망도 중요한걸.
고백하자면, 사실 이런 부분에 대한 마음 분배에 번번이 실패한다. 그래도 공백이 만든 시간과 그 이후의 시간이 합쳐졌다. 이제까지와는 또 다른 일상이다.

※
※
※

나인 줄 알았던 나에 대해서

스스로를 '뒤처지는 사람'으로 여겼다. 학창시절에는 조용히 뒷자리에 앉아 있던 학생, 사회생활에서는 성장 속도가 더딘 직원으로. 분명 노력했으니 일의 숙련도는 나아졌지만, 회사에서 능력 있는 20대 초중반 친구들은 날 때부터 그랬다는 듯 조직에서 앞으로 치고 나갔다.

시속 30킬로미터에서 50킬로미터까지 겨우 속도를 높였는데 웬걸, 80킬로미터를 훌쩍 넘긴 사람들이 저만치 뛰어간다. 이래서야 애써 60킬로미터가 된들 소용이 없는데! 속도와 결이 안 맞는 조직에서 팅겨져 나온 순간은 쓰린 기억으로 남았다. 조직 체질인 사람이 얼마나 있겠어? 남들도 참고 다니는 거지. 근데 나는 왜 참는 일조차 선택할 수 없을까?

나조차 나에게 거는 기대치가 점점 낮아졌다. 검

도 실력에 대해서도 비슷하게 생각해왔다. '몸이 뻣뻣해.' '발이 느려.' '시합을 잘 못해.' 새로운 기술을 배우거나 기본 동작 자세를 교정할 때, 무엇보다 시합에 나갔을 때, 칭찬보다는 혼났던 말에 대한 기억이 오래갔다. 물론 이렇게 말해준 선배도 있긴 했다.

"너는 이미 잘하고 있어. 그걸 펼치기만 하면 되는데, 너무 긴장하는 거 같아."

그럼에도 어쩐지 칭찬보다 혼나는 게 익숙했다. 무엇보다 검도를 오래 하는 이유는 좋아해서지 잘해서가 아닌걸. 나보다 수련 연차가 낮아도 더 잘하는 친구들이 있다. 그들을 볼 때면 '저 친구처럼 잘하고 싶어.'라고 생각하기보다 "와, 대단해!" 하면서 엄지를 치켜세웠다. 잘하고 싶다고 욕심내기보다 인정하고 만족하는 게 더 쉬웠다.

그런데 언제부터인가 도장에서 듣는 말이 달라졌다. 얼마 전 지도 사범님에게 이 말을 듣고 속으로 놀랐다.

"본인이 곧잘 하는 사람이잖아요. 근데 대련 초반에는 마치 못하는 것처럼 보이고 싶어 하는 것 같아요."

또 다른 날 어떤 기술 하나를 가르쳐준 중년의 선배님이 말했다.

"이제껏 해온 가닥이 있어서 그런가? 뭔가를 가르쳐주면 곧잘 하네요."

두 사람의 말은 이제껏 나라고 믿어온 모습과는 사뭇 달랐다. 대련을 잘하는 사람. 새로운 기술을 가르쳐주면 곧잘 하는 사람. 누군가의 눈에

비친 내가 그런 사람일 수 있다는 사실이 믿어지
지 않았다.

나 자신에게 좀 미안하다. 다른 사람이라면 실력
이 좋지 않아도 노력하는 그 자체로 멋져 보였을
텐데. 정작 스스로는 그렇게 바라봐주지 않아서.
노력 끝에 더 나은 자신을 만난다는 기대감. 그
마음의 해상도를 조금 더 높여볼까? 자라나는
자신을 알아챌 필요가 있다.

✳
✳
✳

시합장의 풍경을 기억하며

요즘 드라마 〈라켓소년단〉을 즐겨 본다. 땅끝마을 해남에서 배드민턴을 하는 소년들의 이야기. 검도 하는 생활 체육인이지만 배드민턴 시합 장면에서 종종 감정 이입한다. 시합하는 아이들 표정이 클로즈업되는 순간. 시합이 잘 안 풀리거나, 혹은 시합의 승패를 좌우할 결정적 한 방을 날리는 그 순간. 그걸 보는 나까지 "나도 저랬던 것 같아."라며 찔끔 눈물이 나는데, 살짝 주책일지도. 단체전 부문인 복식이 있긴 하지만 기본은 일대일 시합. 배드민턴 역시 검도처럼 개인과 개인이 맞붙는다. 코트 바깥의 응원 소리가 마음에 와닿아도 결국 문제 해결은 코트 안의 내 몫. 그 막막함이나 압박감이 떠올라서일까? 다른 종목의 이야기임에도 내 이야기마냥 챙겨 보게 되었다.

내 눈에 띄는 장면은 또 있다. 드라마 속 시합장 전경이다. 아이들은 시합이 열리는 체육관의 위층에서 곧 시합이 펼쳐질 아래층을 내려다본다. 곧 저기서 시합이 시작되겠구나. 훈련한 만큼 해낼 수 있을까? 코트를 내려다보며 아이들이 느낄 긴장감. 전경을 내려다보는 시선만으로 그런 마음이 가늠되는 것 같았다. 직장에서라면 경쟁 PT를 앞두고 긴장된 마음과 비슷할지도. 아니면, 연극배우가 무대로 나서기 전의 마음 같은 거 아닐까? 연기든 훈련 성과든 어떤 무대에서 정해진 시간 동안 자신의 기량을 펼쳐 보인다는 점에서 크게 다르지 않겠다.

〈라켓소년단〉의 배드민턴부 아이들이 시합장에 도착하듯, 내가 검도 시합장에 들어섰을 때는 어땠더라? 일단 드라마에서처럼 시합장에 도착하면 일단 체육관의 위층으로 갔다. 그리고 가져온 검도 장비를 둘 관중석 자리를 확보해둔다. 거기에다 짐을 두고 아래 시합장을 내려다보면 하얀

선으로 그어진 사각의 시합장이 한눈에 들어왔다. 각각의 시합장에 있는 심판들. 이미 시합장에서 시합을 하고 나오는 사람들도 보였다. 시합 후 코트 바깥으로 나와 서로 악수하며 인사하는 사람들. 시합에서 지고 나왔는지 분을 못 이기고 우는 사람. 이처럼 다양한 사람들이 오로지 시합을 하기 위해 이곳에 왔다.

시합장에 오면 머릿속이 단순해진다. 시합에서 이겨야지, 다른 선배들의 시합을 응원해야지, 이런 종류의 생각뿐. 시합장 곳곳에서 휴대폰을 들고 시합 영상을 찍는 사람들의 모습이 보인다. 시합의 순간을 기록하기 위해서이기도 하고, 시합을 주의 깊게 지켜보는 응원의 마음이 담겨 있기도 하다. 나중에 해당 선수가 시합 장면을 재생하면 본인의 시합 모습과 함께 "00 파이팅!" 같은 응원 소리도 같이 듣게 될 것이다.

시합장 안에서의 모습도 흥미진진하지만 시합장 뒤편에서도 사람들이 분주하다. 충분히 몸을 풀기 위해 기본 동작을 연습하는 사람들. 단순한 동작 연습을 하는데도 표정이 어쩜 그리 진지한지. 시합장처럼 나무가 아닌 시멘트로 된 바닥에서 대련 연습을 하는 선수들도 여럿 있다. 간단한 대련 연습인데도 어떤 사람들은 기합이 쩌렁쩌렁하다. 직접 시합에 나가진 않아도 응원하러 온 사람들도 있다. 이를테면 선수와 같은 도장의 사람들이나 선수의 가족들이다. 이 사람들이 시합 장면을 구경하며 싸온 간식을 먹는 모습, 그걸 볼 때마다 먹는 음식이 무엇이든 무척 맛있어 보이는 데다가 괜히 나도 같은 걸 먹고 싶어진다.

그리고 시합장의 재미 하나 더. 열정 넘치는 검도 팬이라면 시합장 뒤편에 차려진 검도 용품 부스를 지나치기 힘들다. 죽도, 호구, 호구 착용할 때 머리에 쓰는 면 수건 같은 것들. 검도 용품을 인터넷 주문해도 되지만, 눈앞에 검도 장비가 보이니 자꾸 만지작거리게 된다. 간혹 대회 참가를 기념해 면 수건을 산다. 사실 기념품으로 선수들에게 무료 면 수건이 종종 주어지지만. 내 취향에 맞는 면 수건을 머리에 쓰면 시합도 더 잘 되는 것 같다. 꼭 이기고 싶은 날에 골라 쓰는 애착 면 수건(!)도 챙기게 된다.

검도 시합이 안 열린 지 한참 됐다. 경기장 특유의 눈부신 조명, 시합 종료를 알리는 휘슬 소리, 그런 것들에 대한 기억이 점점 희미해지기만 한다. 아쉬운 대로 드라마를 보며 조금씩 시합장에서의 두근거렸던 마음을 떠올릴 뿐.

시합할 날이 다시 올까? 기약 없는 우승을 꿈꾸는 만년 하위 팀의 마음 같다. 우승, 아니 시합의 계절은 다시 온다. 지금은 접촉을 자제하는 전염병의 한가운데에 서 있기에, 반짝이던 옛날의 풍경과 마음을 가슴 한 켠에 넣어둔다. 다시 검도 장비를 입고 경기장 안으로 들어갈 때의 나는 어떤 마음일지 궁금하다. 다시 시합장에 서게 될 어느 날의 내가 깨닫는 몫으로 남겨둬야겠다.

＊
＊
＊

뭔가를 좋아하는 일에
끝이 있다면

도장에 가면 검도를 30~40년 정도 했다는 사범님들을 본다. 도장의 상석에 자리 잡으시고는, 묵직한 존재감으로 본인보다 젊은 수련자들의 칼을 여유 있게 받아주시는 분들. 사범님이나 우리나 몸을 움직인다는 사실은 똑같은데 덤비는 수련자들만 숨을 헐떡인다. 번번이 신기할 노릇이다.

받아주는 사범님들은 전혀 지치는 기색도 안 보이고 숨도 어쩜 그리 일정하고 평온하게 내뱉으시는지. 나도 간간이 사범님들에게 대련을 청하러 들어가는데, 그럴 때마다 그분들의 칼은 내가 맞을 부위에 먼저 와서 기다리듯 자리 잡고 있다. 그 단단한 기세에 쫄아 어정쩡하게 덤볐다가 속절없이 맞는다.

한 분야를 오래 판 사람에게서 느껴지는 단단함.

대련을 통해 그분들이 쌓은 세월이 수련자에게 전해진다. 수많은 수련의 세월이 몸의 일부가 된 확고함이겠다. 저분들이 수련할 시절에는 '덕질'이란 말도 없었을 텐데. 어쩜 하나의 주제를 이렇게 오래 정진했을까? 생계를 책임지는 회사를 2~3년마다 옮겼던 터라, 하나의 주제를 오래 붙잡아온 것이 내게 유난히 부자연스럽게 느껴지는 건가 싶었다. 그러다 어느새 수련 연차가 20년에 가까워 가는 지금의 나를 생각하면 그럴 수 있지 싶기도 하다.

사범님들을 보면 지금 실력인 채로 하늘에서 뚝 떨어진 것 같지만, 그분들에게도 스승님이 있었다. 사범님들의 대화 중에서는 간혹 자신이 가르침을 받았던 시절의 이야기가 나온다. 따로 길게 말을 꺼내시진 않지만 가끔 옛 기억이 떠오르시나 보다.

"우리 때는 지금보다 더 엄하게 배웠지. 기본 동작을 연습하는 횟수도 훨씬 많았어."

그들이 수련해온 시간의 어디쯤에서 매우 중요한 기억으로 자리 잡은 앞선 사람들. 사범님들의 기억 속에 생생히 살아 있지만 돌아가신 분들의 이야기다. 한 분야를 오래 정진해온 사람들도 시간이 흐르면 언젠가는 누군가의 기억이 되는구나. 1,2년을 하다가 그만둘 수도 있겠지만, 좋아하는 마음으로 몇십 년을 질리게 해도 결국에는 끝이 다가오는 게 느껴졌다.

오래 수련하면 전부 다 배워서 할 게 없을 것 같지만, 검도 세계는 어째 새롭게 내딛은 단계마다 해야 할 게 계속해서 생긴다. 1단, 2단, 3단, 4단. 단마다 과제가 다르고 그걸 해내기란 번번이 어렵다.

오랫동안 어둠 속을 더듬은 끝에 큰 코끼리의 코 부분이 손에 닿는 것 같은 느낌. 좋아하는 분야가 하나의 세계라면 탐구할 게 꽤 많다. 좀 더 멀리, 차근차근 갈 수 있는 데까지 가볼까? 내 속도대로 가는 것. 그 과정에서 몸과 마음을 정직하게 다듬는 것. 사범님들의 나이까지 계속 수련 생활을 하면 코끼리의 다리 부분 정도까지는 만져볼 수 있을 것도 같다.

코로나가 유행하는 지금처럼 피치 못할 상황이 생길 수도, 결혼이나 출산처럼 내가 소화해내기 어려운 상황이 올 수도 있겠다. 그런 시기를 겪으면서 수련하고 싶은 내 마음은 여전히 이어질지. 머리가 희끗해질 때까지 수련을 계속한다면 그때의 나는 어떤 모습일지. 그때는 수련의 도반으로 곁에 누가 있을지. 내 좋아함의 끝은 어떤 모습일까?

뭔가를 좋아하는 건 성취의 과정이면서
눈앞에 놓인 세계의 거대함을 가늠하는 일 같다.

이 길의 어디까지 갈 수 있는지 한발한발 내딛는 거지.

어디까지 좋아할 수 있을까. 어디까지 해낼 수 있나.
좋아하는 걸 질리도록 해도 언젠가 끝은 나니까.

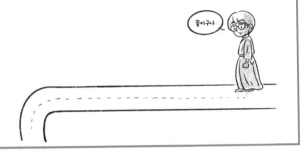

이기고 지는 데 마음두지 말자.
시도하고 노력할 수 있는 지금을 소중하게 여기자.

억지로 이기려 자세를 무너뜨리거나, 요행을 바라는 건 너무 쉬운 길 같아서.

정직하게 가다듬은 몸과 마음의 품위를 믿는 마음으로, 오늘도 길을 걷는다.

에필로그 ✳

잔잔하고 균형 잡힌
마음으로

요즘 수련 인생에 종종 등장하는 그분(?)이 오셨다. 일명 검도 노잼의 시기. 도장에 거의 매일 간다는 점에서 티가 안 나긴 하지만. 늘어난 코로나 확진자 수로 사회적 거리 두기 4단계가 되어 대련을 못 해서 그런가. 기본 동작 수련만 하고 있기에 예전보다 수련이 밋밋하게 느껴질 순 있겠다.

전 같으면 검도 용어를 모르는 사람들이 '뭔 소리야?' 싶을 검도 잡담도 SNS 계정에 적어둘 텐데. 유튜브에서 검도 이론이나 시합 내용이 담긴 영상도 봤을 거다. 학습된 유튜브 알고리즘은 유튜브 피드에 계속 검도 영상을 띄워주었을 테고, 좋아하는 분야는 잠을 줄여서라도 시청 시간을 사수하는 나는 "어떤 선수가 머리치기 공격을 했는데 진짜 멋있더라고요."라는 식의 말을 계속했을 거였다. 얼마 전 도장에서 겪은 갈등이

닳아지는 마음에 속도를 붙였는지, 한번 생채기 났던 마음에 생살이 더디게 올라왔다.

이럴 때의 나는 다른 관원들이 수련하면서 하는 말을 듣는다. 스스로 애쓸 기운은 없지만 남들 말을 들을 귀는 있으니까.

"본래 수련 시간보다 조금 일찍 도장에 와요. 도장에 오면 마음이 편해지니까."

탄력 있는 공격이 주특기인 너굴 사범님이 말하면 나는 속으로 "도장이란 공간을 마음 편하게 여기는 건 다른 사람들도 마찬가지구나."라고 중얼거린다.

"나이 먹어서까지 검도할 거예요. 가장 마지막까지 했던 수련의 성과가 내 최고의 실력이 되도록 하고 싶어요."

도장에 나왔다 하면 두 타임씩 운동하는 검도 찐덕후 돌 사범님. 그에게는 좋아하는 마음에 최선을 다하는 태도를 엿본다.

"한 번도 이기지 못했던 상대를 시합에서 이겼던 적 있어요. 어떤 공격을 해올지 아니까 나는 그에 대응하는 공격을 했던 거죠."

시합의 한 순간을 말해주는 5단 갱 사범님의 목소리가 왠지 생생하다. 수련과 시합의 기억은 마치 연어가 고향으로 돌아가듯 검도 생활을 다시 시작하는 원동력이 되어준다는 걸 다시 한번 깨닫는다. 내 마음이 아님에도 같은 분야를 좋아하는 사람들의 다양한 말을 들으니 가슴께에서 뭔가가 작게 꿈틀거린다.

어떤 마음이든 한껏 부풀어 오르다가 줄어드는 순간이 있다. 지금 겪는 부침은 어쩌면 자연스러운 일일지 모른다. 승단 심사에 합격했던 순간. 시합장과 도장에서 만난 관원들. 운동이 끝난 후에 다 같이 몰려갔던 편의점. 도장 창문 너머로 보였던, 유난히 파랗던 하늘. 지금 내 곁에 있기도, 없기도 한 것들을 떠올렸다. 크고 작은 마음들이 와닿아서는 다양한 사람들의 조각이 모여 '수련하는 나'를 만들어온 거겠다.

수련하는 일상을 이야기로 꺼내보겠다는 결심은 자잘한 순간들이 등 떠밀어준 덕에 가능했다. 친구가 일러스트 페어에 나를 데려가 주지 않았다면, 거기에서 다른 창작자들의 그림일기 작업을 보고 "나도 해볼까?" 하면서 손을 움직이지 않았다면, "검도 이야기를 만화로 50개 채워 그리면 아이패드를 사주겠다."고 해준 아버지가 아니었으면, 나는 애써 검도 하는 일상에 대해 공유할 이유를 찾지 못하고 우물쭈물하다가 입을 다물었을 것 같다. 간신히 글쓰기를 시작했던 때 내게 자극이 될 문장들을 한 아름 품고 있는 동네 책방 부비프가 없었다면, 좋은 글들을 가까이에 두고 소화하는 과정을 건너뛰었을 테다.

어떤 시도를 하든 '일단 하자'. 그 마음으로 무장하자며 그림과 글쓰기를 응원해준 조직 밖 친구들 덕에 뭐라도 쓰고 그릴 수 있었다. 수련 생활에서 마주쳤던 수많은 사람들. 그중에 지금까지 곁을 든든히 지켜주는 도장 선배들과 시합 때마다 간식을 챙겨준 애인이 없었다면 소재 자체가 생기지 않았을 것이다. 에세이 초짜라 글의 방향을 찾지 못해 헤맬 때마다 고민을 나눴던 글쓰기 모임 친구들, 작은 이야기를 찾아내 사람들 앞으로 나오게 해준 이은지 에디터님의 코멘트를 이

정표 삼아서 여기까지 왔다.

수련하는 과정에서 지금껏 걸어온 만큼의 길을 뒤돌아본다. 그다음 시선은 다시 앞으로 향한다. 이제까지와는 다른, 새롭게 다가올 마음을 겪어보려 한다. 박력은 좀 떨어질지 몰라도 잔잔하고 균형 잡힌 마음으로. 단련과 반복 끝에 성취를 거머쥐는 일상 속 어느 순간이 어떤 색으로 빛나든 그 나름의 의미를 지니며 이어질 거라고.

딴딴+

몸도 마음도 단단하게
검도 용어

: 생활 검도인의 수련 일지

수守, 스승의 가르침을 따르는 단계. 파破, 가르침을 깨고 응용 기술을 만드는 단계. 리離, 배움에서 벗어나 스승과는 다른 길로 접어드는 단계.

수련 일지

관장님이 알려주신 기본기를 계속 신경 써도 마음처럼 잘 안 된다. 가르쳐주신 거 따라하는 데만 평생 걸릴 듯. 죽도를 쥘 때의 손 모양, 복부에 힘을 주는 것 등 자세를 잘 가다듬어 보자.

✳ 일안이족삼담사력 一眼二足三膽四力

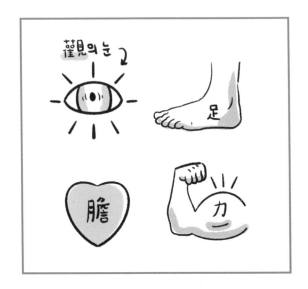

검도 수련의 중요한 부분을 순서대로 나열한 것. 상대의 움직임이나 공격을 관찰하는 눈, 신속하게 몸을 움직여 타격의 기회를 만들어내는 발, 담대하게 치고 나가는 마음, 몸으로 기술을 실행할 수 있는 체력의 순서로 꼽는다.

힘만으로 수련에 임하면 한계가 있다. 상대를 잘 관찰하고, 발로 몸을 잘 운용하면서 타격의 기회 시 담대하게 나아가 칠 것. 상대를 전체적으로 살피는 '관觀의 눈'을 하라는 사범님의 말씀!

＊선先

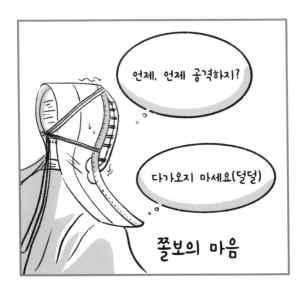

상대보다 먼저先 제압해서 이기는 기회를 만드
는 것.

내가 먼저 상대의 움직임을 일으켜 공격의 기회를 만들자. 먼저 들어오는 공격을 받아치는 데만 그치지 말기. '칠 테면 쳐봐라'하는 마음으로 덤벼보자. 겁이 나지만 그래도 계속 시도할 것!

검도에서 경계해야 할 네 가지 마음 상태. 놀람

驚, 두려움懼, 의심疑, 현혹됨惑을 뜻한다.

상대의 손목에 빈틈이 생긴 것 같아 공격을 시도했다가 실패. 상대는 내가 공격해올 걸 알고 손목을 살짝 빼서 피했다. 상대를 꾀어내 빈틈을 만드는 사람도 있다는 걸 알게 된 순간. 빈틈이 보인다고 바로 덤비지 말기. 헛 공격을 하게 되어도 바로 다음 공격을 이어갈 수 있게 자세를 잘 잡아야겠다.

동요하지 않고 평안한, 평소의 마음 상태.

대련할 때 상대가 공격해오면 무서워서 자꾸 눈을 감는다. 마음이 흐트러지면 충분히 만회할 수 있는 때에도 자세가 흐트러져서 반격당한다. 어떤 상황에서도 마음이 흔들리면 안 되는데. 적어도 맞을 때 눈이라도 뜨고 있어야겠다(부릅).

타격할 때는 기합氣과 칼의 타격檢, 발의 움직임

體이 일치해야 한다.

발이 움직였어도 칼이 엇박자가 되거나, 기합을 내지르지 않으면 시합에서 상대를 타격해도 한 판의 점수로 인정되지 않는다. 내 생각에는 공격이 성공했다 싶어도 시합장에서 심판들이 내 점수를 인정하지 않으면 이런 부분이 혹시 부족한지 생각해 볼 필요가 있다.

유지

상대를 공격한 다음에도 자세나 기세를 유지하는 것.

공격 후 두세 걸음 정도는 더 나아갈 것. 죽도로 상대를 치고 나갈 때 칼을 접지 말고 두 팔을 쭉 뻗어줄 것. 그래야 확실한 타격이 된다는 것을 잊지 말자. 그리고 자세도 바르게!

수련 시간이 끝나면 무릎을 꿇고 두 손을 포개 다리 위에 놓는다. 보통 도장에서 일반 수련자 중 고단자가 "묵상~!"하고 길게 선창하면 눈을 감고 숨을 고른다.

묵상할 때는 그날의 대련 내용 중 복기할 만한 순간을 떠올리자. 운동선수들이 하는 이미지 트레이닝처럼 머릿속에서 상황을 재구성하는 것으로도 수련 효과가 있다. 머릿속으로 복기하는 게 없더라도 눈을 감고 차분하게 숨을 고르는 자체로 괜찮다.

04

검도 : 몸과 마음을 쭉 펴는 시간

초판 1쇄 인쇄 2022년 2월 21일
초판 1쇄 발행 2022년 3월 1일

지은이 이소
펴낸이 김종길 **펴낸 곳** 글담출판사 **브랜드** 인디고

기획편집 이은지 · 이경숙 · 김보라 · 김윤아 **영업** 김상윤
디자인 박윤희 **마케팅** 정미진 · 김민지 **관리** 박지웅

출판등록 1998년 12월 30일 제2013-000314호
주소 (04029) 서울시 마포구 월드컵로8길 41 (서교동 483-9)
전화 (02) 998-7030 **팩스** (02) 998-7924
블로그 blog.naver.com/geuldam4u **이메일** geuldam4u@naver.com

ISBN 979-11-5935-106-8 (04810)

만든 사람들 ─────────
책임편집 이은지 **표지디자인** 김종민 **본문디자인** 엄재선 **교정교열** 윤혜숙

글담출판에서는 참신한 발상, 따뜻한 시선을 가진 원고를 기다리고 있
습니다. 원고는 글담출판 블로그와 이메일을 이용해 보내주세요. 여러
분의 소중한 경험과 지식을 나누세요.